LE
TURBOT IMPÉRIAL

CHAMBÉRY

TYPOGRAPHIE MÉNARD

20, RUE JUIVERIE, HÔTEL D'ALLINGES, 20

1876

LE TURBOT IMPÉRIAL

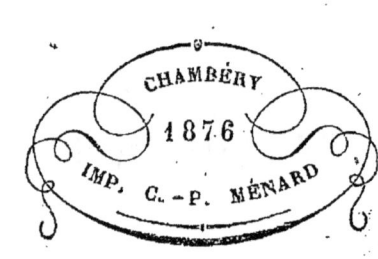

CHAMBÉRY
1876
IMP. C.-P. MÉNARD

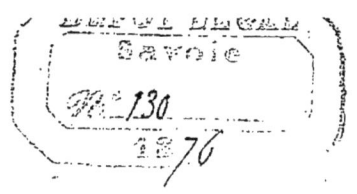

LE TURBOT IMPÉRIAL

IMITATION DE JUVÉNAL

> A Rome, tous couraient à la servitude :
> consuls, sénateurs, chevaliers ; les plus illustres
> plus faux et plus empressés que les autres.
>
> (TACITE. Annales.)

I

Un pêcheur prit jadis un turbot magnifique.
Jamais on n'avait vu du golfe Adriatique
Sortir monstre pareil. Quatre hommes, des plus forts,
Pour l'arracher à l'onde unirent leurs efforts.
Il avait l'œil d'un bœuf ; sa nageoire dorsale
Portait des dards aigus ; sa gueule colossale
Eût englouti sans peine un gâteau de froment.
Le pêcheur, sur son char, le traîna lentement
Vers Albanum, couvert de feuilles et de mousses,
Prenant soin d'éviter les chocs et les secousses.

Quand il parut, ce fut un triomphe complet :
La foule hurlait de joie ; on portait le filet,
On soulevait la mousse où gisait, bouche ouverte,
Le fils de l'onde amère à la prunelle verte.
Glaucus, un courtisan égaré dans ces lieux,
S'approcha du cortége et se fit, curieux,
Montrer dans ses détails le prodige aquatique.
« Pêcheur, dit-il, la bête est une pièce unique ;
« Je doute qu'on t'en donne ici ce qu'elle vaut.
« Veux-tu, du premier coup, t'enrichir ? il te faut
« Offrir ce gros poisson à l'empereur mon maître.
« Tu recevras de lui cent nummes d'or, peut-être ;
« Cela te convient-il ; réponds ? » — Le paysan,
Sans dire mot, suivit l'habile courtisan.
Vers le soir, le turbot, le char et son escorte
Franchissaient du palais l'impériale porte.

II

La fortune romaine était à son déclin.
Les barbares déjà se mettaient en chemin
Pour cette invasion immense, solennelle,
Qui submergea l'empire et la Ville éternelle.
Les Daces rugissaient, les Sarmates grondaient ;
D'autres peuples puissants à leur voix répondaient,
Et l'on prévoyait l'heure où ces torrents sauvages
Iraient, loin de leurs bords, promener leurs ravages.
Pour repousser ce flot, que faisaient les Césars ?
Pensaient-ils à garder les lointains boulevards ?
De fortes légions couvraient-ils les frontières ?
Jetaient-ils un appel à ces vertus guerrières
Qui de Rome avaient fait la grande nation ?
Les Quirites, plongés dans la corruption,
Secouaient-ils enfin leur torpeur imbécile ?
Et le Sénat, du maître esclave trop docile,

Recouvrait-il un peu de mâle volonté
Pour crier aux consuls : « *Consules, cavete!* »

Les Romains, énervés par un long despotisme,
Étaient sourds aux accents du fier patriotisme.
Jupiter était mort ; la foi des jours nouveaux
N'osait encor sortir des primitifs caveaux.
Au naufrage des Dieux succédait le naufrage
De toutes les vertus et des mœurs d'un autre âge.
Plus de simplicité, de travail ; les Brutus,
Depuis longtemps, dormaient près des Cincinnatus.
Les vices d'Orient rongeaient les rois du monde ;
Et leur foule grouillait dans cette boue immonde,
Froide, railleuse, hurlant quand le maître tardait
A lui donner le pain et l'or qu'elle attendait.
Insouciante, au fond, à l'endroit de l'empire,
Gardant son chef de peur d'en rencontrer un pire,
Pourvu qu'elle eût des jeux et des gladiateurs,
Elle acclamait toujours les suprêmes acteurs.
— Les chevaliers baissaient la tête, sans murmure.
Neveux dégénérés des Gracques, leur armure
Se rouillait loin des camps ; pour leurs débiles bras
Trop pesantes étaient les dagues des combats.
Ils préféraient briguer les places sédentaires,
Intriguer et courir de nouveaux adultères,
Pendant que les soldats, chaque jour mutinés,
Proclamaient des Césars bientôt assassinés.
Ces chevaliers, du reste, avaient des mœurs infâmes,
Et l'on ne comptait pas les amants de leurs femmes.
— Le Sénat n'était plus qu'un refuge banal
De courtisans soumis au joug impérial,
Une machine à vote enregistrant bien vite
Les décrets souverains, quel que fût leur mérite.

C'était à qui mieux mieux de ces fils de héros
Fléchirait les genoux et courberait le dos.

Nous avons vu la plèbe heureuse dans sa honte,
Les nobles asservis. Maintenant qu'on remonte
Jusqu'au trône où César se cramponne au pouvoir,
Tonne, éclate et foudroie : alors on pourra voir
Que tout est emprunté, mesquin, bouffon, grotesque,
Dans cette cour, que l'œil trouve si gigantesque.
Empereur et sujets vivent à l'unisson.

III

Le jour où, d'Albanum, arriva le poisson,
Domitien-le-Chauve était d'humeur très-noire :
Avait-il mal dîné ? nous l'ignorons ; l'histoire
Se tait, vraiment à tort, sur ce point curieux.
Le fait est qu'il resta, jusqu'au soir, furieux,
A percer d'un stylet les mouches de sa chambre :
Trois cassolettes d'or, où brûlaient des bouts d'ambre,
Servaient à calciner les cadavres impurs
Des moustiques surpris pendant le long des murs.
Un petit nain crépu l'aidait dans ce carnage.
« Nous sommes, aujourd'hui, malheureux à l'ouvrage,
« Dit César ; nous n'avons, en tout, occis, je crois,
« Que vingt mouches ; hier c'était cinquante-trois.
« Rien ne nous réussit, depuis une semaine,
« Et nous perdons tous deux, à ce jeu, notre peine. »
Myrmidon, laissons là nos stylets ; nous aurons
Plus de chance demain, lorsque nous reviendrons.
Va dire à Galgacus qu'il lâche mes molosses,
Que je vais visiter mes lions, dans leurs fosses.

Phœbus, sur son char d'or, descendait lentement
Vers les monts d'Albanum. Bientôt du firmament

Il disparut laissant Phœbé, sa blonde amie,
Monter à l'horizon, nonchalante, endormie.
L'air était tiède et pur, de senteurs parfumé.
Domitien, suivi de son nain bien-aimé,
Sortit de son palais, sinistre et taciturne.
Comme pour le garder dans sa course nocturne,
Quatre chiens au poil ras, aux crocs longs et puissants,
Marchaient à ses côtés, grondants et menaçants,
Trente prétoriens, glaive au poing, sans rien dire,
Veillaient, dans les taillis, au salut de l'empire,
César dit à son nain : « Comme il fait beau, ce soir !
« Et comme mes lions seront heureux de voir
« Leur Empereur ! Sais-tu, très-cher, que je les aime
« Plus que tous mes parents, presqu'autant que moi-même.
« Les entends-tu ? Quel timbre et quels éclats de voix !
« Bravo ! continuez ! Bravo ; tous à la fois.

(Il s'approche du Belluaire.)

« Tiens, voilà mes mignons ! veux-tu que je les nomme
« L'un après l'autre : Hector, Artapax-le-Bonhomme,
« Psylon-le-Doux, Byblos, Castor, Néro, Pallas,
« Tous les sept autrefois souverains de l'Atlas ;
« Ce sont de fiers gloutons ! vois-tu cette femelle
« Et ces trois lionceaux qui sautent après elle :
« C'est Danaë ? ma foi, pour lui prendre un baiser
« Ce n'est guère de l'or qu'il lui faut proposer.
« Je leur ai fait livrer trente esclaves sarmates,
« Depuis un mois : les chairs en sont très-délicates.
« Ils en auront encor quatre demain matin,
« Et je veux assister moi-même à leur festin.
« Agaçons-les ! Voyons quelle mine ils vont faire.

(Il passe une baguette à travers les barreaux ; un
rugissement horrible se fait entendre)

DOMITIEN *(enthousiasmé.)*

« Délicieux, charmant, parfait ! Noble colère.
« Pallas, tu chantes faux ; Byblos, tu rugis mal,
« Et toi, Psylon, tu n'es qu'un comique animal.
« Qu'en dis-tu, Canopus ?

CANOPUS.

Ils sont dignes d'éloges
« Et je suis très-charmé d'être loin de leurs loges.

DOMITIEN.

« C'est vrai, tu n'es pas gras, et mes chers lionceaux
« N'auraient, en te croquant, que de piètres morceaux.
« Ah ! ah ! ah ! *(Il rit.)*

CANOPUS *(l'imitant)*.

Ah ! ah ! ah ! en effet, c'est très-drôle,
« Et je vous fais chorus, puisque c'est dans mon rôle,

DOMITIEN.

« J'ai toujours admiré leur courage indompté,
« Leur amour du grand air et de la liberté.
« Ces bêtes, sais-tu bien, ont un rare mérite :
« Elles ne vous font point de grimace hypocrite ;
« Frappez-les ! leur œil flambe. Oh ! prenez garde, alors,
« A leurs ongles de fer. Sous leurs puissants efforts
« On voit craquer souvent les barreaux de leur cage !
« *(Ironiquement)* : Mes lâches sénateurs n'auraient pas ce
« Docilement couchés, ils lèchent mes genoux : [courage.
« En vain je les cravache et les cingle de coups,
« Ces vieillards ramollis, loin de chercher à mordre,
« Courbent leurs fronts chenus et subissent mon ordre.
« O vils valets, créés pour dire oui toujours,
« Venez voir mes lions, mes tigres et mes ours.

« Je suis roi des Romains ; mais cette multitude
« M'écœure avec sa molle et sotte quiétude ;
« Et je préférerais gouverner des requins
« Que ce muet troupeau de souples mannequins.

(S'animant.)

« N'est-ce pas, Myrmidon ? réponds-moi, que t'en semble ?
« Voir à mes pieds divins tout ce peuple qui tremble,
« Sans qu'un seul, moins servile, ose élever la voix,
« Ce n'est pas là régner !

CANOPUS.

Oui, César, je vous crois.

DOMITIEN.

« Et ces beaux chevaliers, ces souteneurs de filles,
« Rejetons plus qu'obscurs des plus nobles familles,
« Par Bacchus sont-ils plats, et leur fais-je assez peur !
« Pauvres fils de Brutus ! j'en ris de tout mon cœur.

CANOPUS.

« C'est qu'il ne fait pas bon jouer avec le maître.

DOMITIEN *(étonné)*.

« Suis-je donc si terrible ? On doit mal me connaître.
« Je ne verse le sang qu'avec horreur ; je tiens
« Pour dompter mes sujets de plus parfaits moyens :
« J'ai pour les gens véreux, traqués, criblés de dettes,
« Des terres et de l'or dans mes vastes cassettes.
« Pour les ambitieux, j'ai des honneurs ; je fais
« Les censeurs, les consuls, les questeurs, les préfets,
« Les généraux. Chacun aux faveurs peut prétendre :
« Il s'agit seulement de savoir nous comprendre.
« Quant aux malavisés qui guettent le pouvoir,
« Je suis pour eux le maître et je le leur fais voir !

(On entend des bruits de pas.)

« Mais qu'entends-je ? Je crois qu'un messager m'arrive,
« Qu'apporte-t-il ? Sans doute une sotte missive.
« J'ai bien assez, le jour, de peine et de souci
« Sans qu'on vienne, le soir, me relancer ici.
« Je vais faire jeter ce fâcheux à mes bêtes.

LE MESSAGER (essoufflé).

« Seigneur ! grande nouvelle !

DOMITIEN (d'un air rogue).

Encor quelques conquêtes,
« Quelques exploits fameux, quelques rois mis à sec ;
« Je connais tout cela comme l'alphabet grec.

LE MESSAGER.

« Non, César, je venais simplement vous apprendre
« Qu'un pêcheur d'Albanum désire vous entendre.
« Il amène avec lui, sur son char, un poisson,
« Un turbot dont il veut, dit-il, vous faire don.

DOMITIEN (plus calme).

« Ce poisson est-il gros ?

LE MESSAGER.

Long de quatre coudées.

DOMITIEN (joyeux).

« Cet homme est tout pétri d'excellentes idées.
« Dis-lui que je serai vers lui dans un moment ;
« Par Jupiter, cela va me rendre charmant !

(Il fait encore un tour dans le jardin et se dirige vers
le palais. On lui amène le pêcheur)

LE PÊCHEUR.

« Salut ! César !

DOMITIEN.

Où donc est ce turbot superbe ?

LE PÊCHEUR.

« Sur ce char, enfoui dans la mousse et dans l'herbe ;
« Il fut pris ce matin, à l'aurore. Les Dieux
« M'ont permis de pêcher ce monstre curieux
« Pour que de l'Empereur il ornât les cuisines.
« Je vous l'offre, César : vos mâchoires divines
« Y trouveront, j'espère, un succulent régal.

DOMITIEN

« Cet homme parle bien ; j'accepte l'animal.
« Pêcheur, tu recevras vingt mille as pour ta peine.

LE PÊCHEUR.

« Dieux !

DOMITIEN.

Si jamais Neptune en ton filet ramène
« Un semblable turbot, viens me l'offrir encor.

LE PÊCHEUR.

« A ce prix mon filet vaut une mine d'or.

(*Il salue et sort.*)

IV

Le grand cirque est désert ; les jeux de l'hyppodrome
Sont finis ; le bruit cesse et la plèbe de Rome
S'endort profondément. Seuls quelques histrions,
Quelques gladiateurs, quelques décurions,
Passent gorgés de vin, dans les ruelles sombres.
Parfois un hurlement monte et perce les ombres :
C'est la voix des lions, des tigres affamés,
Qu'on tient pour les lutteurs, jusqu'au jour, enfermés.

A ce cri, par instant, répondent, solennelles,
Les interjections des rudes sentinelles.
— L'Empereur aussi veille ; un penser saugrenu
L'agite et fait plisser son front large et chenu.
« Une chose, dit-il, fortement m'inquiète :
« -Comment fera-t-on cuire une aussi grosse bête ?
« Quelle sauce est la bonne ? à quel piment faut-il
« La mêler pour flatter notre palais subtil ?
« Si je faisais mander le chef de mes cuisines ! »
Le Cocq vient. — « Je n'ai pas dans toutes mes bassines
« De vase suffisant pour un pareil poisson,
« A moins de... — Le couper ! es-tu pris de boisson ?
« Va-t-en ! tu n'es qu'un sot, un bélître. Que faire ?
(Tout-à-coup s'avisant) « Oh ! voilà mon affaire.
« N'ai-je pas mon troupeau, mon Sénat sans pareil ?
« Je veux, avant le jour, demander son conseil.
« Qu'on aille de ce pas réveiller cette engeance
« Et dire qu'il s'agit de chose d'importance. »
Liburnuis partit, de suite, du château
Et vint frapper chez eux à grands coups de marteau.
« Sénateurs, levez-vous ; pour affaire majeure
« L'Empereur, au palais, vous réclame sur l'heure. »
Quelques-uns murmuraient : — « Que nous veut-il si tard ?
« — Vous le verrez, dormeurs, dit l'envoyé bavard :
« Il s'agit du salut de Rome et de l'empire. »
« Les Daces sont-ils là ? — Quelque chose de pire ! »
Les pères effrayés sortirent de leurs lits,
Cherchant de tout côté leurs toges, leurs habits ;
En vain : l'un oubliait, dans cet appel nocturne,
Son rouge laticlave et l'autre son cothurne.
Enfin, quand vint minuit, on les vit, filant doux,
Anxieux, arriver au grave rendez-vous.
La salle du Sénat, en un instant, fut pleine.

Domitien, portant la pourpre souveraine,
Précédé de licteurs, s'avança droit et fier.
Quand il se fut assis, humant largement l'air :
« Sénateurs et soutiens de mon empire immense,
« Les Dieux, dont la faveur et la juste clémence
« S'étendent sur moi-même et sur tous mes amis,
« Jupiter, Appolon, Mars, Neptune, ont permis
« Qu'un turbot monstrueux, vrai monarque aquatique,
« Fût pris par un pêcheur dans l'onde Adriatique.
« Ce césar des turbots, que j'ai reçu ce soir,
« On va vous l'apporter, et vous allez le voir !

(On apporte le poisson sur une civière jusqu'aux pieds
de Domitien.)

« Le voilà ! regardez ! n'est-il pas admirable !
« Digne de figurer sur mon auguste table.
« Quels flancs ! quel dos ! quels dards ! considérez ces yeux :
« Avez-vous jamais vu rien de plus merveilleux !
« A ce point colossal pour qu'un turbot grossisse,
« Il doit être, à coup sûr, contemporain d'Ulysse.
« Il a vu fonder Rome et chasser les Tarquins,
« Scipion s'embarquer pour les bords africains,
« Et sur sa flotte, honteux, s'enfuir le grand Pompée.
« Bref, ce lourd animal vaut toute une épopée.

(Il fait une pause, puis continue.)

« Le seul point délicat est de savoir comment
« Nous allons, d'un seul bloc, cuire ce monument.
« De plus, à quelle sauce, à quel piment le mettre ?
« Le cas est épineux ; j'ai voulu le soumettre,
« A mon Sénat illustre afin d'avoir de lui
« Un conseil sur le fait qui m'occupe aujourd'hui. »

La rougeur de la honte empourpra ces fronts pâles.
Pourtant (ô dignité des cours impériales !)

Nul n'osa protester. Pegasus, le premier,
Nommé préfet de Rome ou, dit-on, son fermier,
Se leva pour répondre. Homme long, jaune et maigre,
Il avait jusqu'alors passé pour juge intègre
Quoiqu'il vendît Thémis à beaux deniers luisants.
Puis suivirent Crispus, le roi des courtisans,
Qui ne dit jamais non et mourut centenaire ;
Montanus le ventru, Pompeius le faussaire,
Crispinus, plus musqué, plus aromatisé
Qu'un cadavre d'Egypte ; Aulus Fuscus, posé
Comme grand général, véritable vessie
Que crevèrent, plus tard, les vautours de Dacie ;
Enfin le grand phraseur, l'avocat cauteleux
Vejenton, au larynx tonnant et striduleux.
« Gardez-vous, dit Montan, de gâter cette pièce,
« Le phénix des poissons, le roi de son espèce.
« Qu'on fasse, aujourd'hui même, un bassin suffisant
« D'argent ou d'or battu ! » — Crispus le séduisant,
Faisant la bouche en cœur : « — Cet ustensile énorme
« Du poisson monstrueux devrait avoir la forme :
« Être plat, long, peu large et de minces parois. »
— Vejenton se leva : « Crispus, oui, je vous crois ;
« Votre avis est parfait : notre noble assemblée,
« Sans plus le discuter, l'acceptera d'emblée !
« Le premier point est donc connu ; pères conscrits,
« Nous allons au second appliquer nos esprits.
« Mais avant d'entamer la chose, qu'on m'écoute !
« Qu'indique ce poisson? un grand bonheur, sans doute !
« César doit quelque part être victorieux ;
« Un roi doit être pris ! ce roi doit être vieux,
« Son royaume puissant et sa fortune immense !
— « Passez au second point, dit César. — « Je commence :
« Il s'agit de savoir la sauce et la façon
« Dont il faut arranger l'impérial poisson,

« Cela dépend un peu du goût de la personne.

« L'un veut la sauce blanche : elle est, pour lui, la bonne ;

« L'autre veut du piquant, du poivré, quelques-uns

« Cherchent du court-bouillon les délicats parfums.

« C'est un peu mon avis et voici ma recette :

« Prenez du vin de Chypre et des fleurs de l'hymette

« Du poivre d'Orient, du gingembre, du sel,

« Du thym, du serpolet, des oignons et du miel ;

« Mettez-y le turbot et faites cuire ensemble.

« Le poisson cuit — cueillez son jus qui gèle et tremble

« Et liez-en la sauce avec précaution.

« César ! vous jugerez de mon invention :

« C'est pour tout amateur une chose alléchante.

L'Empereur, opinant pour la sauce piquante,
Fit signe aux Sénateurs qui rentrèrent chez eux.
On les vit revenir, l'œil morne, deux à deux,
Crispant les poings, heureux de fuir ce château sombre
Où d'affreux guet-apens les attendaient dans l'ombre.
Quelques instants plus tard, César, roi des Romains,
Dans sa chambre rentrait en se frottant les mains.

Lorsque les nations tombent si bas qu'un homme
Les mène avec le fouet comme bêtes de somme ;
Lorsqu'elles vont léchant, au lieu de regimber,
La verge qui les frappe et qui les fait courber,
On voit bientôt venir chez elles l'hébétude,
La démence et la mort dans la décrépitude ;
A moins que, ravivant leur corps paralysé,
Par un sang plus nouveau, brusquement infusé,
Le ciel ne leur accorde une âme rajeunie
Ou l'éperon d'acier d'un homme de génie.

28 Mai 1875.   A. BASIN.

www.ingramcontent.com/pod-product-compliance
Lightning Source LLC
Chambersburg PA
CBHW061430170626
46811CB00005B/2207